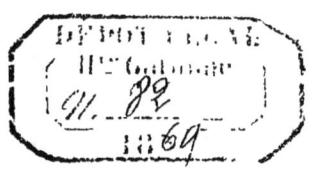

STATION HYDROMINÉRALE

DE

VITTEL

(Vosges).

EXCURSIONS HYDROLOGIQUES
EN ALSACE ET DANS LES VOSGES.

VITTEL

(VOSGES)

Par le docteur AIMÉ ROBERT,

Directeur de la *Revue d'hydrologie médicale*.

———o·o·⊙·o·o———

Voilà une station que nous avons vu naître, grandir, se développer et se placer en ligne avec les établissements thermaux de premier ordre. Ce rapide progrès est dû à l'active intelligence de son propriétaire, à la variété de ses sources et surtout à leur efficacité dans le traitement des maladies que nous allons énumérer.

Les sources minérales de Vittel sortent du muschelkalk, sur le versant d'un petit mamelon qui domine une magnifique et large vallée. Elles sont principalement minéralisées par les bicarbonates de chaux et de magnésie, des sulfates, le fer bicarbonaté et crénaté, et quelques chlorures. La prédominance de l'un ou de l'autre de ces principes minéralisateurs dans les différentes sources les a fait diviser en trois groupes représentés, l'un par la *Grande Source*, diurétique; le second par la *Source Marie*, laxative; le troisième par la *Source des Demoiselles*, tonique. Nous allons analyser sommairement les propriétés de ces différentes sources.

GRANDE SOURCE (diurétique).

Contient par litre d'eau :

	Grammes.
Acide carbonique libre..	1/10e du volume.
Bicarbonate de chaux.	0,185
— de magnésie..	} 0,079
— de soude.	

Bicarbonate de protoxyde de fer avec manganèse (indices).	0,010
Sulfate (supposé anhydre) de chaux. . . .	0,440
— de magnésie.. .	0,432
— de soude. . ·. .	0,326
— de strontiane.. .	traces.
Chlorure de sodium (peu).	0.220
— de magnésie.	
Silice, alumine, phosphate calcaire, sel de potasse et ammoniacal..	
Iodure (indices), principe arsenical. . .	0,047
Matière organique de l'humus.	
	1,739

Cette source a une grande analogie avec celle de Contrexéville, mais elle a sur cette dernière l'avantage de contenir beaucoup moins de sulfate de chaux, ce qui la rend beaucoup plus légère à l'estomac, et permet aux personnes les plus débilitées d'en faire un abondant usage. D'après l'analyse faite dans le laboratoire de l'Académie impériale de médecine, elle contient $0^{gr},625$ de sel de chaux par litre, alors que l'eau de Contrexéville en contient $1^{gr},825$.

Nous avons entendu un maître en hydrologie, le docteur Cabrol, médecin en chef de l'hôpital militaire de Bourbonne, émettre, à propos des eaux de Vittel, une théorie qui nous a séduit et à laquelle nous sommes disposé à nous rattacher. Les eaux de Vittel, disait-il, qui jaillissent d'un point assez élevé, d'un mamelon, à travers des roches et des sables, ont sur leurs voisines l'avantage d'avoir subi une filtration ascendante, qui les a débarrassées de toutes les matières qui pouvaient se trouver dans ces eaux à l'état de suspension, de telle sorte qu'à leur point d'émergence elles ne contiennent plus que les principes minéralisateurs maintenus en solution parfaite par le gaz acide carbonique. On trouverait peut-être dans ce fait d'absence absolue d'atomes quelconques en suspension, la cause de la conservation parfaite des eaux de Vittel après le transport, qui a été constatée par tous les hydrologues.

Les eaux de la Grande Source de Vittel sont indiquées dans le traitement de la gravelle, du catarrhe de la vessie, des rétrécissements de l'urètre, des affections si diverses des reins, de la prostate, de tous les organes génito-urinaires en un mot, de la goutte, soit qu'à l'état aigu elle se manifeste par des accès, soit que par suite de l'abus des eaux de Vichy, des bicarbonates ou des évacuants, elle se soit transformée en goutte continue, en *podagre*.

Il suffit de lire le livre si consciencieux du docteur Patézon, inspecteur de cet établissement, pour demeurer convaincu de l'efficacité des eaux de Vittel, et des cures remarquables que de nombreux malades y obtiennent tous les ans.

Elles sont souveraines dans les dyspepsies et les maladies d'estomac ; du reste, la présence dans ces eaux de la magnésie, du fer, des chlorures sodiques et magnésiens, et de la chaux dans de justes proportions, rend parfaitement compte de leur action bienfaisante dans cés maladies.

SOURCE MARIE (purgative).

Eau magnésienne calcaire.

Contient par litre d'eau :

	Grammes
Acide carbonique libre.	fort peu.
Bicarbonate de chaux.	0,310
— de magnésie.	
Sulfate (supposé anhydre) de chaux.	1,100
— de magnésie.	1,020
— de soude.	0,350
Chlorures alcalins et terreux.	0,100
Silice, alumine.	
Phosphate.	0,400
Oxyde de fer (traces).	
Matières organiques de l'humus.	
	3,280

Les eaux purgatives de Vittel ont des propriétés thérapeutiques particulières, qui les distinguent des purgations pharmaceutiques. Elles sont éminemment laxatives et relâchantes, mais par degrés, jour par jour, sans perturbation violente et par conséquent passagère, et avec une action soutenue comme l'exigent les affections chroniques de l'abdomen.

Aussi sont-elles employées avec beaucoup de succès dans les engorgements du foie, de la rate, de la veine-porte, dans les constipations rebelles. Elles ont une action des plus énergiques pour l'expulsion des calculs biliaires. Les malades atteints d'hémorroïdes éprouvent une grande amélioration de leur usage.

SOURCE DES DEMOISELLES.

Eau ferrugineuse bicarbonatée.

Contient par litre d'eau :

	Grammes.
Acide carbonique libre.	0,008
Bicarbonate de chaux. . . . . { — de magnésie. . . . . }	0,730
— de protoxyde de fer avec cré- nate et manganèse.	0,041
Sulfate (supposé anhydre) de chaux. . . .	0,440
— de magnésie.. } — de soude. . . }	0,610
Silice, alumine, phosphate, iode et prin- cipe arsenical (indices). . . . . . . { Matières organiques de l'humus. . . . . }	0,480
	2,309

« Cette source doit, sans contredit, être placée au premier
» rang dans le traitement de l'anémie, de l'affaiblissement
» constitutionnel, des suppressions ou des irrégularités de
» menstruation, des affections chlorotiques, etc. La présence
» du *fer*, du *manganèse* et de l'*iode* dans ces eaux dit assez quel
» doit être leur succès dans ces sortes d'affections. Nous nous
» bornerons à faire remarquer que, par une heureuse combi-
» naison, la nature a corrigé ici, par la juxtaposition des sels
» magnésiens, les effets trop astringents et échauffants repro-
» chés à juste titre à certaines eaux ferrugineuses » (docteur
Vincent Duval, ancien inspecteur des eaux minérales de Plom-
bières).

Cette source est très-fréquentée par des jeunes filles au sang
appauvri, aux menstruations pénibles et irrégulières, qui voient
toutes leurs fonctions se régulariser sous l'action de ces eaux,
l'appétit se développer, les forces augmenter, et qui reviennent
en un mot à la plus brillante santé.

Contrexéville. Si nous voulons maintenant établir la comparaison entre Contrexéville et Vittel, nous devons dire que si les
eaux de Contrexéville ont une vieille réputation légitimement
acquise dans le traitement de la gravelle et de la goutte, les eaux
de la Grande Source de Vittel ont aujourd'hui fait aussi leurs
preuves dans le traitement de ces affections, et que leur efficacité est aussi bien constatée que celle de leurs voisines ; qu'elles

ont le grand avantage sur elles de conserver après le transport toutes leurs propriétés, et qu'au point de vue du site et de l'hygiène, Contrexéville ne peut soutenir la comparaison avec Vittel.

Ainsi, tandis que Contrexéville est au fond d'une vallée étroite et humide et traversé par des ruisseaux sans courant en été, Vittel, ainsi que nous l'avons dit, est dans une situation si exceptionnelle qu'il est impossible de désirer un air plus pur et plus salutaire que celui que l'on y respire.

Si les eaux de Vittel ont par leur principe intrinsèque des propriétés curatives incontestables, leur action comme modification de l'organisme doit être singulièrement accrue par la situation de l'établissement. En dehors du bourg, les sources et les bains, dominés par un magnifique hôtel, dominent eux-mêmes une vaste vallée de prairies et de bois, limitée par de gracieuses montagnes.

Loin des émanations de toute nature d'une population agglomérée, les visiteurs n'y respirent que le parfum des fleurs. A l'abri de l'humidité qu'on rencontre dans les vallées étroites et profondes, ils peuvent se rendre à la Trinkhalle aux premières heures du jour et prolonger leurs promenades bien avant dans la soirée. (Extrait de la *Revue d'hydrologie médicale* du 15 mai 1867.)

———

Nous allons ajouter à l'étude du docteur A. Robert, sur Vittel, l'appréciation de plusieurs autres savants et médecins :

VITTEL. — « ..... Il existe une grande analogie entre cette » source et celle de Contrexéville. Seulement la proportion entre » la magnésie et la chaux s'y trouve dans des rapports plus » avantageux. Ainsi, Vittel contient par litre d'eau 0,625 de sel » de chaux et 0,731 de sels magnésiens, alors que Contrexéville » contient par litre d'eau 1,825 de chaux et environ 0,450 de sel » de magnésie. Cette circonstance explique comment l'eau de » Vittel est plus digestible. » (*Rapport de l'Académie impériale de médecine*, — *Dictionnaire de médecine de* NYSTEN. — *Docteur*

Constantin James. — *Docteur Peschier.* — *Revue d'hydrologie*, etc., etc.)

Il est des sels de chaux, tels que les carbonates et les bicarbonates, qui peuvent avoir quelques propriétés, mais il en est d'autres, tels que le *sulfate* ou *plâtre*, qui sont non-seulement inertes, mais encore très-lourds et très-indigestes. Or, Contrexéville et Vittel contiennent par litre d'eau, *sulfate de chaux* ou *plâtre :*

CONTREXÉVILLE,	VITTEL.
1ᵍ,150	0ᵍ,440

Comment s'étonner, en présence de ces chiffres, que l'Eau de Vittel soit plus légère et plus digestible que sa voisine?

Le savant professeur Nicklès termine ainsi ses études sur le fluor contenu dans les Eaux de Vittel et celles de Contrexéville :
« En résumé, l'Eau minérale de Vittel, du moins celle qui pro-
» vient de la *Grande Source*, est moins riche en fluorures que
» ne l'est celle de Contrexéville. C'est là un fait de plus à l'appui
» de l'observation rapportée plus haut, suivant laquelle elle est
» aussi, A SON GRAND AVANTAGE, bien moins riche en sels cal-
» caires. » (*Comptes rendus de l'Académie des Sciences*, tome 44,
page 784. — *Journal de Pharmacie et de Chimie*, tome 32, page
50, et tome 34, page 198.)

VITTEL ET CONTREXÉVILLE

AU POINT DE VUE DU SITE ET DE L'HYGIÈNE.

Contrexéville.

« Anciennement on était dans l'usage à Contrexéville de dîner à midi et de souper à 7 heures ; ce régime était infiniment plus sain. On venait à la fontaine plus tard, ce qui sauvait le danger de l'humidité du grand matin. Le soir, comme on sortait de table à 8 heures, on était moins tenté de faire une promenade au milieu de laquelle on était

Vittel.

« Les Eaux de Vittel jaillissent à 600 mètres du village de ce nom, au milieu d'un parc qui domine une belle prairie et d'où l'œil jouit d'une vue ravissante. » (*Docteur* Constantin JAMES, *Guide pratique des Eaux minérales.*)

« L'Etablissement de Vittel domine une vallée magnifique et des plus pit-

toujours surpris *par une rosée excessive, froide et très-dangereuse.* » (*Extrait de l'Annuaire statistique et administratif des Vosges,* 1837.)

« Le vallon où est construit Contrexéville étant ouvert au nord, l'eau du Vair qui le traverse étant très-fraîche , la température est très-variable. Les vicissitudes atmosphériques y sont brusques; donc les buveurs doivent éviter les effets de ce changement subit de température en cessant leur promenade *avant le coucher du soleil.* » (*Docteur* MAMELET, *médecin traitant à Contrexéville,* 1839.)

« Une étroite vallée, ouverte du midi au nord, sur laquelle s'embranche une vallée latérale à l'ouest, recèle *dans son bas-fonds* le village de Contrexéville et l'Etablissement qui en occupe à peu près le centre.

» Pour ceux que le soin de leur santé retient le court espace d'une cure de vingt et un jours , et cela pendant la belle saison, sous l'influence des conditions climatériques que je viens de décrire, il ne peut en découler d'autre conséquence que l'observance rigoureuse d'une hygiène relative que j'indiquerai plus bas.

» Quant à la population permanente, son bilan sanitaire porte l'empreinte de ces mauvaises conditions climatériques et hygiéniques. Le goître est très-fréquent.

» Le crétinisme entache un certain nombre de sujets de stigmates reconnaissables quoique partiels.

» L'élément strumeux joue un grand rôle dans la majeure partie des affections de l'enfance et de l'adolescence. De nombreuses tumeurs blanches se font observer, pour la plupart d'origine

toresques , large et longue comme on en trouve peu dans les pays montagneux, qui permet, par son évasement, la circulation de l'air auquel elle ouvre sa large enceinte , qu'un courant continu et modéré balaie, nettoie et assainit ; pas d'humidité , pas de ces brouillards, de ces vapeurs épaisses et condensées qui laissent sur les vêtements , le soir, au coucher du soleil , les traces de leur rhumatismale et malsaine influence. » (*Docteur* PATÉZON, *médecin-inspecteur à Vittel, ses Eaux minérales,* 1859.)

Appréciation analogue de l'Annuaire des Eaux minérales et Bains de mer, 1860.

« L'Etablissement de Vittel a sur celui de Contrexéville l'avantage d'être dans une situation magnifique..... » (BRABAULT, *Monde thermal.*)

idiopathique. » (*Docteur* V. BAUD, *médecin inspecteur des Eaux minérales de Contrexéville*, 1857.)

« On arrive à Contrexéville sans s'en douter : il faut y être pour en apercevoir le clocher. » (*Extrait de la notice sur Contrexéville, publiée par l'administration de cet établissement*, 1866.)

EAUX

DE

VITTEL ET CONTREXÉVILLE TRANSPORTÉES.

Quels que soient les bons résultats obtenus par une cure à la source, ils sont bien vite perdus dans les maladies chroniques que l'on traite à Vittel et à Contrexéville, si, rentré chez lui, le malade ne boit pas souvent et longtemps de l'eau minérale. Une diathèse ne peut être efficacement combattue que par un traitement de longue durée et à la condition que le médicament conservera ses propriétés et ses vertus. A laquelle de ces deux Eaux les médecins et les malades doivent-ils accorder la préférence ?

Contrexéville.

« Les Eaux de Contrexéville transportées perdent une partie de leur gaz libre et, par là, deviennent moins faciles à digérer. » (*Docteur* MAMELET, *médecin traitant à Contrexéville*, 1839.)

« L'Eau de Contrexéville prise à la source est digérée par la majorité des buveurs, mais après son transport elle devient lourde, indigeste et est loin de produire les bons résultats qu'on serait en droit d'en espérer d'après ceux qu'on obtient sur les lieux. » (*Docteur* DUNOYER, *ancien inspecteur des Eaux minérales de Contrexéville*.)

Vittel.

« Les Eaux de Vittel, voisines de Contrexéville, leur ressemblent beaucoup. Moins sulfatées et plus gazeuses que celles-ci, elles seraient plus digestives et se prêteraient mieux au transport. » (*Docteur* DURAND-FARDEL. *Traité thérapeutique des Eaux minérales de France et de l'étranger*, 1857.)

« Les Eaux de Vittel supportent bien mieux le transport que celles de Contrexéville. » (*Docteur* PESCHIER, 1855.)

« Une qualité bien précieuse des Eaux de Vittel, c'est de ne pas s'alté-

DE L'EMPLOI DES EAUX DE VITTEL.

Les Eaux de Vittel se boivent à la source , le matin, à la dose de deux ou trois verres , que l'on élève progressivement à dix ou douze, pour les ramener, à la fin de la cure , à trois ou quatre verres. La cure dure de vingt à vingt-quatre jours.

Certains malades ne font qu'une demi-saison. Si ce mode de traitement peut suffire dans quelques indispositions légères , il est complétement insuffisant dans les maladies sérieuses.

Il est bon de se préparer à la cure , en buvant chez soi, avant de se rendre à Vittel, un certain nombre de bouteilles ; et il est indispensable, après la saison, de boire dans le courant de l'année une certaine quantité d'Eau. On comprend que dans les maladies chroniques , les organes doivent être maintenus long-temps sous l'action médicamenteuse des Eaux pour recouvrer leur fonctionnement régulier.

Quelques malades prennent chez eux une saison régulière tous les trois mois. D'autres boivent de l'Eau pendant dix jours tous les mois. Ce dernier mode nous a paru préférable.

Dans ce cas l'on doit boire une bouteille d'Eau à jeun le matin, et une bouteille à ses repas, en ayant soin d'en réserver un verre que l'on boira le soir en se couchant. Nous recommandons particulièrement le verre du soir pris après la digestion du dîner.

Quand on se sent menacé d'une crise néphrétique ou d'une attaque de goutte , l'on doit se mettre immédiatement à l'usage de l'Eau de Vittel, en faire sa boisson ordinaire. Sous son influence, les graviers sont éliminés plus vite et avec beaucoup moins de douleurs , et les attaques de goutte sont singulièrement amoindries.

La température des Eaux de Vittel étant à la source d'environ 11 degrés , nous recommandons d'élever pendant l'hiver à ce degré la température de l'eau , avant de la boire le matin et le soir. Le froid glacial que l'on éprouverait en buvant l'eau à une température trop basse nuirait à son action. Il faut la trouver agréable à boire.

« L'Eau de Contrexéville s'altère par le transport. » (*Docteur* Patissier, *membre de l'Académie de médecine, Manuel des Eaux minérales.*)

« L'Eau de Contrexéville doit être bue à la source, car elle s'altère beaucoup par le transport. » (*Docteurs* Mérat *et* De Lens, *Dictionnaire universel de matière médicale.*)

« L'Eau de Contrexéville transportée perd une grande partie de ses propriétés : elle devient lourde et peu digestible. C'est à regret, *mais avec unanimité*, que cet aveu sort de la bouche de ses nombreux partisans et qu'il s'est glissé sous la plume des hydrologistes qui ont nommé, et, partant, loué Contrexéville. » (*Docteur* Peschier, *médecin du Corps législatif, de l'Assistance publique, etc., etc.,* 1855.)

« Les Eaux de Contrexéville n'ont réellement d'efficacité que prises sur les lieux mêmes. J'en ai obtenu rarement de bons effets loin de la source. (*Docteur* Constantin James, *Guide aux Eaux minérales.*)

rer par le transport et de conserver loin de la source toutes leurs propriétés. Alors que d'autres Eaux analogues sont signalées comme étant sans vertu après leur transport, celles de Vittel le sont, au contraire, comme conservant toutes les leurs. » (*Annuaire des Eaux minérales et des Bains de mer.* 1860.)

Après avoir dit que l'Eau de Contrexéville transportée est loin de produire de bons résultats, le docteur Dunoyer, *ancien inspecteur des Eaux minérales de Contrexéville*, ajoute : « L'Eau de Vittel, au contraire, que j'ai largement expérimentée à Paris, dans ma pratique médicale, a constamment produit de bons effets, et a toujours été digérée avec une facilité qui étonnait certains buveurs de l'eau de Contrexéville transportée. »

« Les Eaux de Vittel transportées ont pour le médecin et le malade une qualité bien précieuse : c'est de conserver au loin leurs propriétés et de permettre de continuer avec succès le traitement hydrominéral. » (*Docteur* Vincent Duval, *médecin des hôpitaux de Paris.*)

« Les Eaux de Vittel transportées se conservent remarquablement bien. » (*Docteur* Constantin James, *Guide aux Eaux minérales.*)

« Les Eaux de Vittel transportées m'ont donné des résultats inespérés. » (*Docteur* Jules Guérin, *membre de l'Académie impériale de médecine.*)

« Le dégagement de l'acide carbonique ne s'opère pas d'une manière égale pour toutes les eaux. On peut en acquérir la preuve en soumettant, comme je l'ai fait, les Eaux de Contrexéville, de Vichy, d'Ems, de Vittel et de Pougues à l'action d'une pile de Bunzen. Ce sont les eaux de Contrexéville et de Vichy qui abandonnent le plus promptement l'acide carbonique.» (*Docteur* Scoutetten , *De l'Electricité considérée comme cause principale de l'action des Eaux minérales sur l'organisme* , 1864.)

L'Administration de Contrexéville fait publier l'avis suivant :

« L'Administration de la Société des Eaux minérales de Contrexéville reçoit de nombreuses plaintes sur la qualité des Eaux de Contrexéville qui sont vendues chez quelques Droguistes ou Pharmaciens de Paris et de la province ; elle a l'honneur d'informer Messieurs les Buveurs qu'elle n'est responsable que des Bouteilles qui portent sur les Étiquettes et sur les Capsules les mots de :

« SOURCE DU PAVILLON. »

Sans nous occuper des causes des NOMBREUSES PLAINTES que reçoit l'Administration de Contrexéville ; nous constatons le fait avec elle , et nous affirmons en même temps que jamais AUCUNE PLAINTE n'a été adressée, pour une cause quelconque, à l'Administration de Vittel , soit sur la conservation, soit sur l'efficacité des Eaux de Vittel transportées.

De tout ce qui précède, il résulte qu'il n'y a point d'Eaux supérieures à celles de Vittel pour le traitement de la Goutte, de la Gravelle , du Catarrhe vésical , des maladies d'Estomac, du Foie , de la Chlorose , de l'Anémie , de l'appauvrissement du Sang quelle qu'en soit la cause ; et les cures nombreuses que l'on constate tous les ans viennent confirmer l'appréciation des savants et des médecins qui ont écrit sur Vittel.

———————

EAUX DE VITTEL TRANSPORTEES.

Ainsi qu'on l'a vu dans les premières pages de cet opuscule, les Eaux de Vittel transportées, qui s'expédient dans le monde entier, se conservent admirablement bien. Cette propriété intime de ces Eaux de conserver à distance ses principes minéralisateurs entièrement intacts, est encore assurée par le soin qu'on apporte à leur embouteillage. On plonge les bouteilles, pour les remplir, dans la Source même; de cette manière l'Eau puisée n'a pas été en contact avec l'air extérieur, qui n'a pu exercer aucune action sur ses principes minéralisateurs. Dans les autres Etablissements, au contraire, on présente les bouteilles sous le jet de l'Eau qui s'échappe des bassins. Elle tombe avec force au fond des bouteilles; chacune de ses molécules est mise en contact avec l'air, le gaz acide carbonique se dégage, le fer est précipité, les bicarbonates sont transformés en carbonates, et chaque principe minéralisateur doit subir une modification dans sa constitution intime.

Les bouchons ont subi une préparation qui, en neutralisant le tannin du liége, assure encore la conservation du fer et des autres principes, a reçu l'approbation de la Société d'hydrologie, et a valu à son auteur, propriétaire des Eaux de Vittel, les éloges de cette compagnie savante. Cette préparation donne une teinte noire aux bouchons qui sont marqués en dessous des initiales *L. B.*

SAISON DES EAUX DE VITTEL.

La saison des Eaux, des Bains et des Douches commence, à Vittel, le 15 mai et se continue jusqu'à la fin de septembre.

ÉTABLISSEMENT DES EAUX DE VITTEL.

L'Etablissement se compose des pavillons, des sources, des bains, d'une belle galerie fermée pour la promenade, d'un salon chauffé, d'un magnifique hôtel et d'un beau parc d'environ douze hectares, traversé, sur une longueur de plus d'un demi-kilomètre, par la rivière du *Vair*.

Il est à six cents mètres du bourg, sur une éminence dominant une magnifique vallée de prairies d'un kilomètre de large. A trois cents mètres de l'Etablissement est une belle forêt; les montagnes qui encadrent la vallée sont couronnées de bois.

Au point de vue des charmes du site et de l'hygiène, on ne peut trouver une station plus favorisée, et, tandis que presque toutes les Eaux minérales jaillissent dans des vallées étroites, humides et froides le soir et le matin, Vittel, recevant dans son vaste bassin les premiers et les derniers rayons du soleil, est entièrement à l'abri de cette humidité, si malfaisante pour tant de malades.

Le *Grand Hôtel* de l'Etablissement, où l'on trouve tous les soins et tout le confort désirables, est tenu par un des premiers maîtres d'hôtel.

Un vaste salon réunit tous les soirs les personnes qui fréquentent les Eaux. Un billard et une grande quantité de journaux y sont à la disposition des personnes logées à l'hôtel.

On trouve dans le bourg des hôtels plus modestes et des chambres meublées.

ITINÉRAIRE AUX EAUX DE VITTEL.

On se rend à Vittel par les stations de Neufchateau et de La Ferté-Bourbonne, ligne de Paris à Mulhouse, et de Charmes, ligne de Nancy à Epinal.

On trouve à ces stations un bon service d'omnibus et de diligences, ainsi que des voitures à volonté très-confortables.

Prix des Eaux, des Bains et de l'Hôtel.

La Saison de 20 à 24 jours..... ....,.... 20 fr. »

La demi-Saison................................. 10 »

Chaque douche ou bain simple................. 1 25

6 bains ou douches par abonnement.............. 6 »

Eaux expédiées par caisse de 30 ou 50 bouteilles, la

    bouteille................................... » 62 5

Hôtel, nourriture et logements, d'après les apparte-

    ments, de................................. 7 à 10 fr.

    par jour.

RENSEIGNEMENTS.

Les personnes qui désirent avoir des Eaux de Vittel doivent adresser leurs demandes : *Au régisseur de l'Établissement des Eaux minérales de Vittel (Vosges).*

Le dépôt général des Eaux de Vittel, à Paris, est boulevard Montmartre, 22, dans les magasins de la Compagnie fermière de Vichy.

On les trouve, en province, dans toutes les succursales de la Compagnie de Vichy.

On les trouve aussi, à Paris et en province, chez tous les marchands d'Eaux minérales et dans les bonnes pharmacies.

Le régisseur de l'Etablissement s'empresse de donner, par correspondance, tous les renseignements qui lui sont demandés, tant sur les Eaux que sur l'hôtel.

Dragées ferro-manganésiennes crénatées de Vittel (Vosges).

Les sources ferrugineuses de Vittel ont formé un dépôt de poudre impalpable, de couleur ocracée, et qui n'est autre chose que les principes minéralisateurs qu'elles contiennent. MM. Ossian Henry, membre de l'Académie impériale de médecine et chef de ses travaux chimiques, et Filhol, professeur de chimie à la faculté des sciences de Toulouse, lauréat de l'Institut, etc., qui en ont fait l'analyse, y ont constaté, outre le fer, la présence, en quantité notable, du *manganèse*, de la *magnésie*, de l'*iode*, des *acides créniques* et *apocréniques*, de tous les éléments enfin qui sont la base de toute médication antichlorotique et anti-anémique.

ANALYSE DE L'ACADÉMIE DE MÉDECINE.

Dépôt anhydre de 100 grammes.

Carbonate de magnésie.. . . . . ⎫	
— de chaux (parties à peu près égales).. ⎬	21ᵍ39ᵉ
Acides crénique et apocrénique.	3,85
Sesquioxyde de manganèse.	14,54
Sesquioxyde de fer.	55,95
Silice..	4,27
Principe arsenical..	très-sensible.
	100ᵍ00ᶜ

Chaque Dragée est du poids de 0,15 sans sucre.

Les *Dragées de Vittel*, qui ne sont autre chose que des pilules faites avec ce dépôt naturel et recouvertes d'une légère couche de sucre, peuvent recevoir les applications les plus variées, à cause de la variété des principes qui le composent. Les premiers médecins de Paris et de la province les emploient journellement avec un succès constant dans le traitement de la *chlorose*, des *suppressions*, des *pâles couleurs*, de la *faiblesse constitutionnelle*, des *affections gastro-intestinales*, et dans tous les *états maladifs*, *qui ont pour cause ou pour effet l'appauvrissement du sang*.

Elles ne tardent pas à réveiller l'appétit, à régulariser toutes les fonctions et à rétablir les forces. Elles remplacent avec avantage les pastilles de Vichy dans tous les cas où celles-ci sont prescrites.

D'un effet au moins aussi sûr que celui des diverses préparations ferrugineuses pharmaceutiques, le produit naturel de Vittel leur est incontestablement supérieur sous bien des rapports.

Ainsi, il est admirablement digéré, aux doses les plus élevées,

par les personnes dont l'estomac ne peut pas tolérer l'emploi des
autres ferrugineux : — Il est légèrement laxatif, alors que l'in-
convénient des préparations pharmaceutiques est de produire la
constipation. — Enfin les *Dragées de Vittel* sont de véritables
bonbons que les enfants et les femmes les plus délicates prennent
avec plaisir, et le seul ferrugineux que l'on ne soit pas obligé
d'avaler comme des pilules, ou qui ne laisse pas dans la bouche
le goût astringent et désagréable de l'encre.

Les médecins les prescrivent en général à la dose de 10 ou 12
par jour, que l'on peut prendre à toute heure de la journée, soit
à jeun, soit avant, soit après les repas.

N. B. Il est mieux de croquer les dragées que de les laisser
fondre dans la bouche.

LA BOÎTE DE **100** DRAGÉES : **2** FR.

Prises du Dépôt ferrugineux de Vittel.

Le dépôt ferrugineux de Vittel est aussi livré au public, sous
sa forme naturelle, dans des boîtes renfermant 10 petits flacons
qui contiennent chacun 2 grammes de dépôt. Il peut être pris
ainsi, soit dans le potage, soit dans le café au lait ou tout autres
aliments, auxquels il ne communique aucune saveur. Prix de
la boîte : 2 fr.

**Les Eaux minérales, les Dragées et les produits de
Vittel se trouvent à**

chez

TOULOUSE, IMPRIMERIE A. CHAUVIN ET FILS, RUE MIREPOIX, 3.

23

STATION HYDROMINÉRALE DE VITTEL.

www.ingramcontent.com/pod-product-compliance
Lightning Source LLC
Chambersburg PA
CBHW061525170626
46811CB00004B/1846